一夜驟雪

彗雨——著

序

這是我的第一本詩集
我的繆思——雪
我不尋求它的完美
而是沉迷它的不完美

三年的積雪
一夜融化為這本詩集

彗雨

二零二一年六月六日

目錄

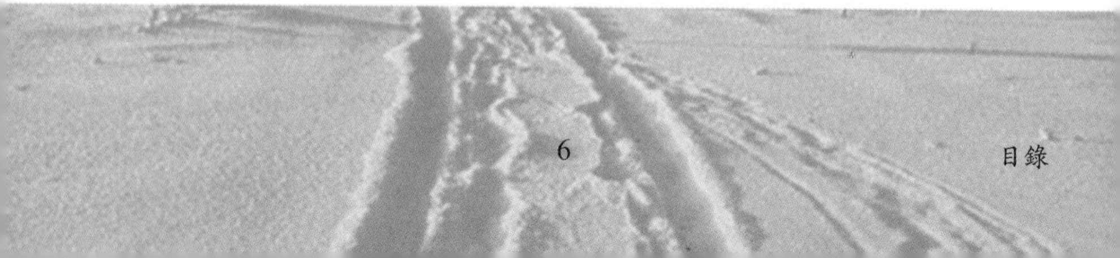

第四卷：海上生明月

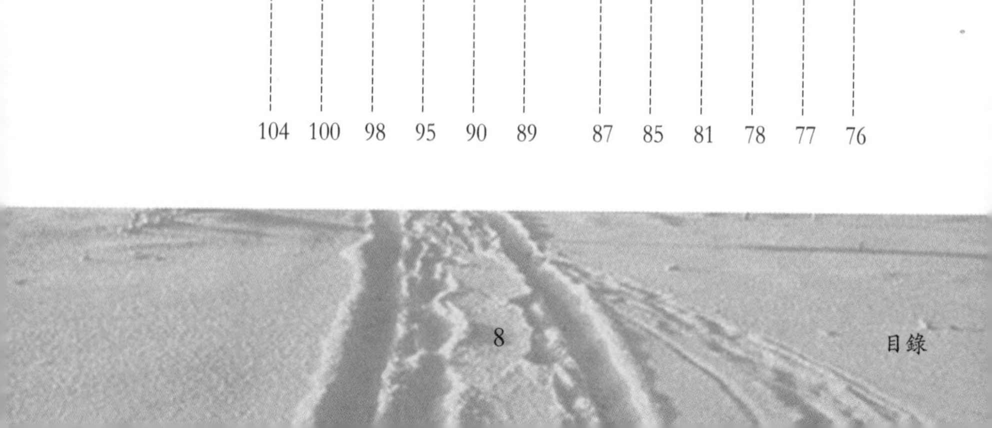

第五卷：一夜驟雪

第一卷：撇捺人生

撇捺人生

迎面
這個年輕人
令我眼前一亮
也令我感覺相逢恨晚
更令我感到一絲絲不安

年輕人
他那緊隨心思流轉的
筆跡撇捺中，如圖則
一筆一筆，勾畫出他對未來
搭建的希望

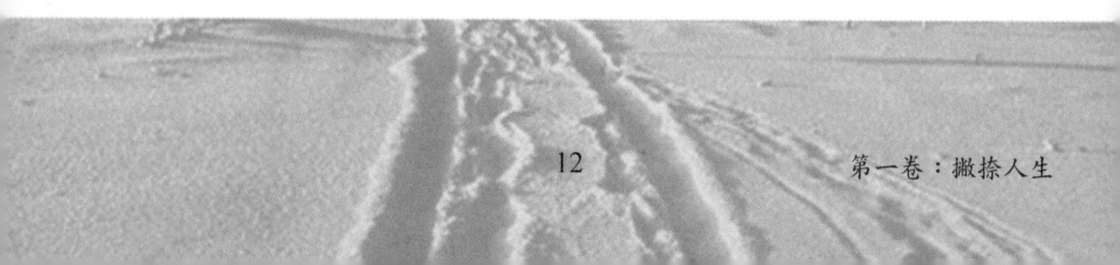

他看着巨人長影：
蘇東坡
達文西
黑格爾
薛定諤
深信他們創造的支柱
屹立不倒

可是
即使如神廟，也敵不過
恆常的雨水侵蝕
偶發的地震
支柱
一根根應聲倒下

剩下一堆
比靈魂更輕的
灰瓦

❄ ❄ ❄

年輕人
再也寫不出
如山如水的字體
甘甜活潑的思緒
清脆迴盪的心聲
與及那位
未成為陌生的
我

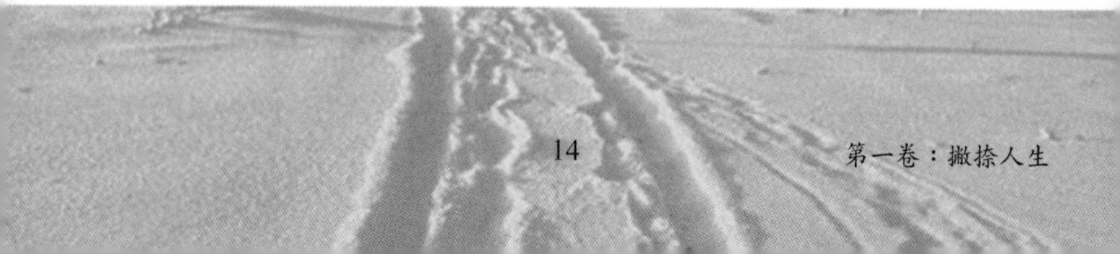

德充符

一分鐘前
他是「我」的地獄
一分鐘後
「我」是我的地獄

上帝的旨意，令他
站和說
都費盡力氣
脖子跟臉都通紅
但卻沒有影響射燈下
個子小的他，長影
蘊藏的無邊張力

他的奇妙
他的繆思
他的詩句
敲響我的眼淚：
我們的詩並生
他與我為一！

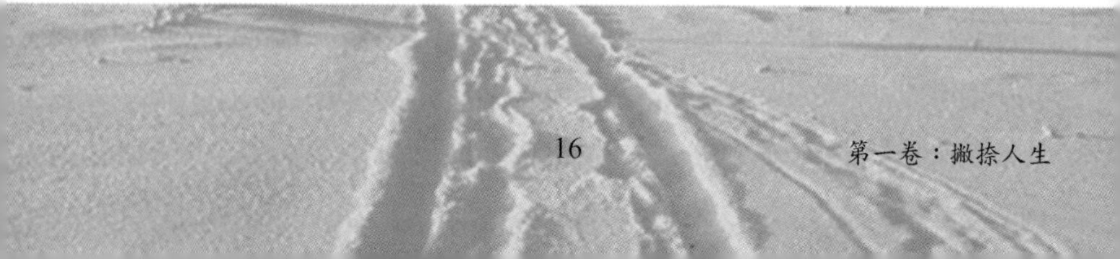

人

（一）

你以為你是你
手腳是你
心跳是你
思想是你
到某天，上帝會拿走
骨骼如古樹盤結
心臟如河川乾涸
記憶如日出星黯
你好奇
誰是你

（二）

你以為
你是你
它是它
河水不犯井水
當醫師把冷白螺絲放進去
鮮活組織從裏面挖出來
你發現，你終歸會
回流大海

你以為
你是你
牠是牠
沒有牠們那麼低等

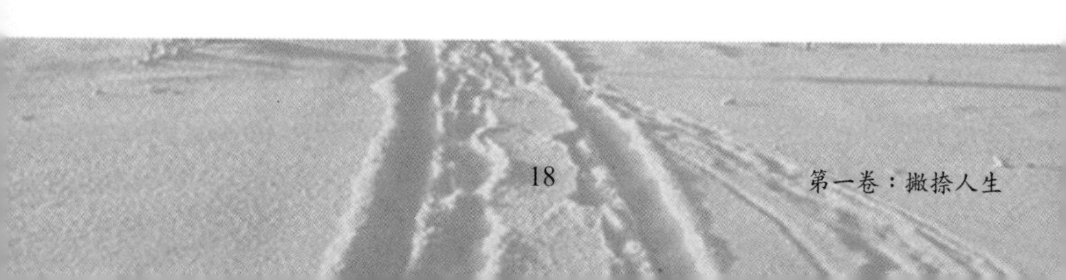

當火燒煙嗆時你要搶先逃生
幽香觸感勝過柏拉圖理型
你嘗到，你和牠們都是
茹毛飲血

你以為
你是你
祂是祂
時空中沒有祂的位置
當在無限大之上有更大的無限大
極小極古的世界你永不會瞭解
你聽到，你和祂的呼吸聲
很近

浮過

鏡平的海面
倒飛的海鷗
路人並不知道
魚兒剛躍出搖晃
翻起了
一個波浪

一片油彩
在河面上，隨水流
如舞者不停扭動變奏
最後筋疲力竭
旋起亦旋滅

一道彩虹
闖入天空
水點四散後
世界沒有變得更
澄明通透

一瓣蒲公英
飄落在桌面上
手指正要把弄
花已飄走再次
乘風

一扇鏡門
一刻旋轉
反映一個倩影

一旦關上
一切回到恆常鏡像

一條長廊
一陣腳踏聲
在思憶中重疊迴盪
當看到盡頭的燈光，長廊
還是長廊

鏡平的海面
倒飛的海鷗
遠處路人步近
魚兒正準備如期
一躍而起

零度

冷凍的空氣
凝固了陽光
凝結了鳥鳴
凝住了一切祕密

言語已失去味道
還不如
象形文字

微笑
在掩護着死亡
向你走近

兒童般，金魚的善忘
是明天繼續悠游的
鴉片

落葉在地上翻滾
清道夫的掃把
為它的生命
加上一秒

午後的陽光
被樹葉遺棄在石地上
還希冀往東邊擴展邊界
最終也被星子
十二道金牌召回

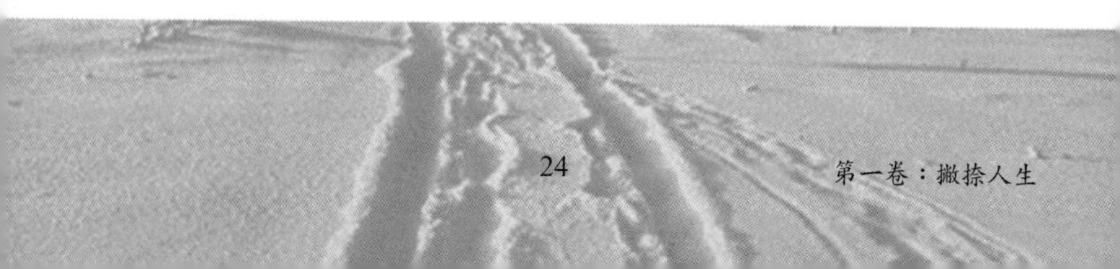

在特洛伊般的戰爭
我們無尊嚴地半遮面
大衛歌利亞的故事
卻沒有重演，我們
節節敗退，還妄想
夜夜笙歌

心中已是
零度

形而下

冬午的陽光
令冰雪昇華
令水波生輝
令存在更
相信自己

異鄉
一首輕快小曲
音符的跳躍
只為證明
時間曾在
這刻存在

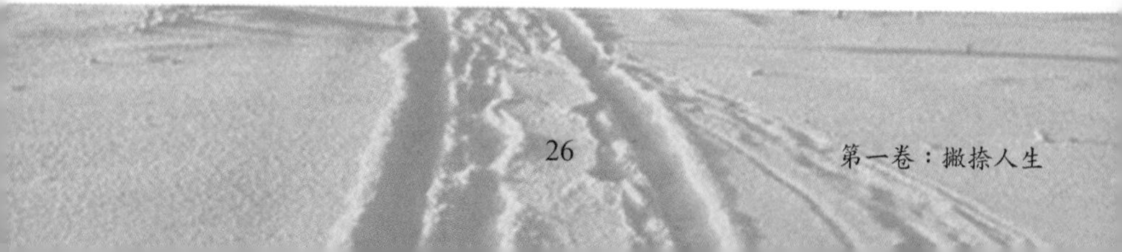

移動的牆影
嘲笑人們的無力
庸俗的生存
淹蓋了多少次
可能的呼吸？

陽光沒有琉璃
就不會聚焦
當日的巨匠
沒有人們的青春
亦只是一個
陌生的回望

蜘蛛絲
不再黏了

牆角
也不再眷戀蜘蛛

日落前的斷章
在宇宙的另一邊
何時找到
續句？

塵埃

寂寞
爬上了塵埃背上
沉澱了，厚了，它才真實的存在

紅酒味道
鐫刻了寂寞的濃度
黑白老照片中的你
在質疑現在的你

夜店內
霓虹燈為螢幕上
已穿越奈河的她
伴舞

窗外
海上沉默的波浪
在嘗試定義「遺忘」
卻忘不了在輪迴的自己

午夜，並沒有成為
埋葬寂寞的
墳場

塵埃揚起，如摩天輪
為另一顆心
承載

忘聲

如奔流的河水
落花轉瞬已躲在另一樹影裏

如耀眼的香檳
氣泡浮升後只剩下一抹酸吻

如少女的紅羞
隨着梳妝鏡暗啞而一絲不留

你的聲音
如浮沙正一點一滴流陷失真

如果我可以再
與你唱和

我會
用掌紋烙印你每一刻笑顰
以心跳循環你每一個字彙
靠冰塊鎮住你每一分餘音

如果，還有
如果

芻狗

「天地不仁，以萬物為芻狗；
聖人不仁，以百姓為芻狗。」（老子《道德經》第五章）

行人路上
順着觸鬚躡步的你
給飛奔而粗心的一位
把你定格，從此你成為
路上的一個
圖案

馬路邊的另一個你
不知道已經靜躺在
路邊溝渠多久
最後陪伴你的是
一群爭相接近你的
蒼蠅

牆上六足的你，一夜前
還在為未來努力編織
今天看到你已經
成為牆上的
印記

當雙腳提起的你
這刻確信自己找到一塊福地

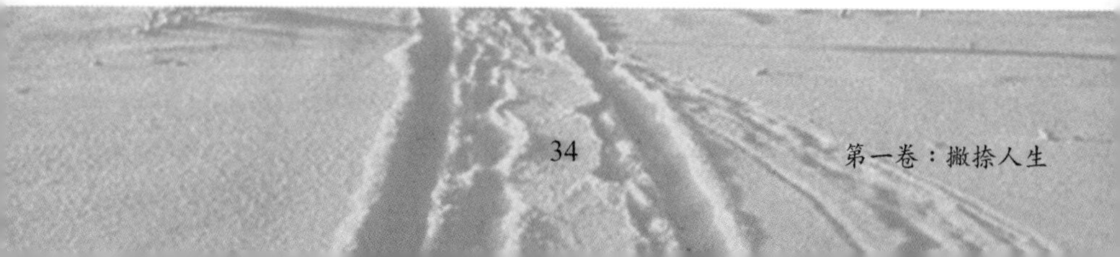

可以安心吸啜，他的手掌
已準備好給你
碎夢

脫下口罩的你，與親愛的
在品嘗美味
祂，已經安排好
你們在天家見面的時期

啡與酒

新巴克／巴克斯
啡仙／酒神
都牽引心神

酒神醉態蹣跚
酒從嘴角流下
腰間布袋露出的鮮葡萄
正被身後的你我他
貪婪的吃得津津有味——

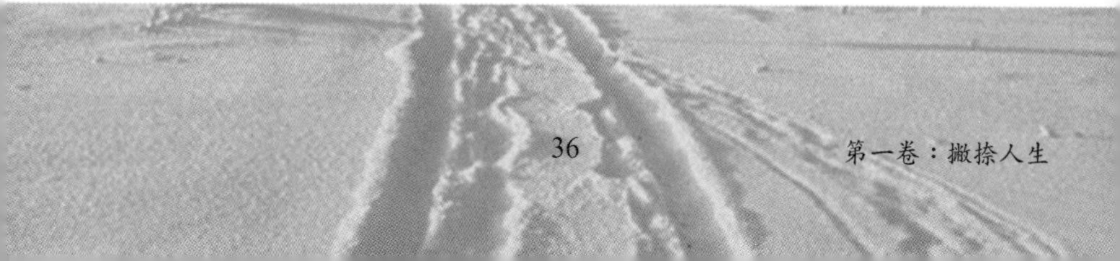

無心的心
酒釀給它重心

羽毛般的靈魂
酒精給它幾兩養分

九位姊妹皇冠裏
凋萎的羽毛
枯竭的泉水
酒杯讓它再次滿倒

❄ ❄ ❄

賽蓮的媚態
銀冷清脆的歌聲

即使在咖啡因的法力下
亦令人難以抗拒
黑色的漩渦
流露絕望的崇拜——

金枝玉葉
閃耀的光輝
冰心玉壺亦給吞噬

精雕細琢的盒子
美不勝收
一旦打開
一切都已太遲

自從與共相分割
一代一代
我們一生都追渴
我們呼吸過的
即使會在海角掉落

❄ ❄ ❄

餐館打烊
我留下祂們
在琉璃內盪漾

第二卷：吸芙蓉的仕女

吸芙蓉的仕女

妳銀冷的眼淚，如鶯歌
在我的眼眶縈繞
我嘗到鹹苦

在異國的邊陲
妳一口吸下去：
太美了——這太美
造就了世間一切的
不美

上升的雲霞
昇華了妳
回望一尊金髮石像

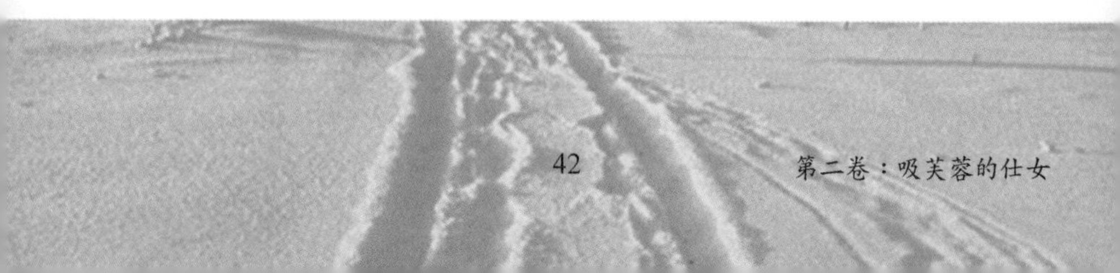

煙霧亂竄
鑽進了妳，看不透的未來
也逃入了妳，不想再看的過去

日落之後
芙蓉煙會否編織成
芙蓉帳
給妳餘溫
直至明晨？

仕女化成了符號
她指尖的氣味，卻繼續在
我們每一位心田
復燃

台下

台上的一滴淚水
流淌到台下
凝住了妳眼睛
最後看到的
霓虹人間

妳的青春
如同妳的影片
黑白無語

女神節的春日
照不暖神女
漸凍的唇邊

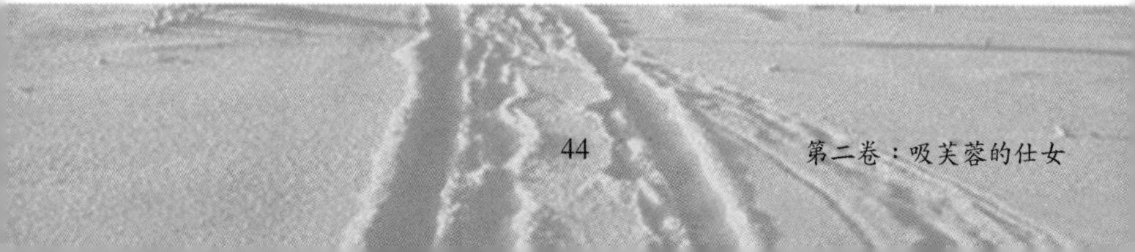

旗袍束縛的
不單單是妳的雙腿
更是夜半妳的
呼吸聲

人言
是真是假
已不再可畏
夜夜都是
安眠

祝福

身穿純白校服的她
盼望未來有更多的盼望，譬如：
與青梅竹馬互說願意
在新居共賞每個星夜
手抱初生嬰兒的心跳
這些祝福，都製成了她的笑容
可是，當她決心
要隨着心跡運行
童話，成了成人童話

❄ ❄ ❄

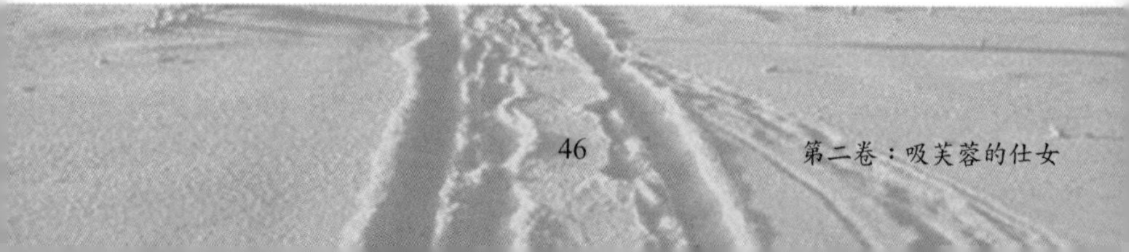

衣衫襤褸的她
青澀的相信未來
新舊時代的交界
新婚燕爾的她
才做了幾個月新婦
驟然成為寡婦

祥林嫂沒有活到今天
祥林嫂靈魂的輕
甲乙丙嘴舌的重
卻翻滾到這刻
墮入未來

❄ ❄ ❄

身穿純白制服的她
笑語暗香，雲鬢步搖
遊走於或明或暗的規條
可是，她的心，仍留在當日的落霞
可是，當最後一道彩光隱藏雲後
想像，再沒有存在的理由
黑白的生活剪影
周遭透明的竊語
將她層層的掩蓋
直至透不過氣來
直至沒有聲音
直至只有「祝福」

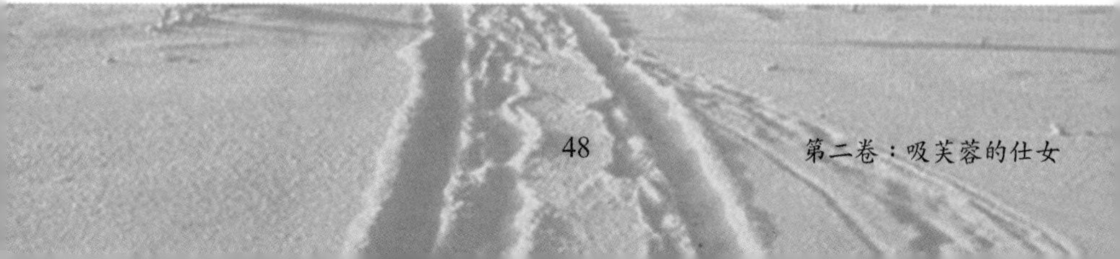

時間好奇

時間好奇的
從天上裂口
跌下來，急着看
會遇上哪片
記憶

時間的瞳孔
反映着
辛棄疾的大刀
割進他的脖子裏
泄着氣的
嚎叫聲

時間也跌入了
書前詩意的她
書本暗香的這一頁
花樹星雨，那人卻在
燈火闌珊處

時間亦都看到
碧眼金髮的他們用
辛棄疾看不懂的文字
在吱吱嘎嘎的解剖着
他的心肝手腳
偵測着詩和劍，即使
軀殼已成化石

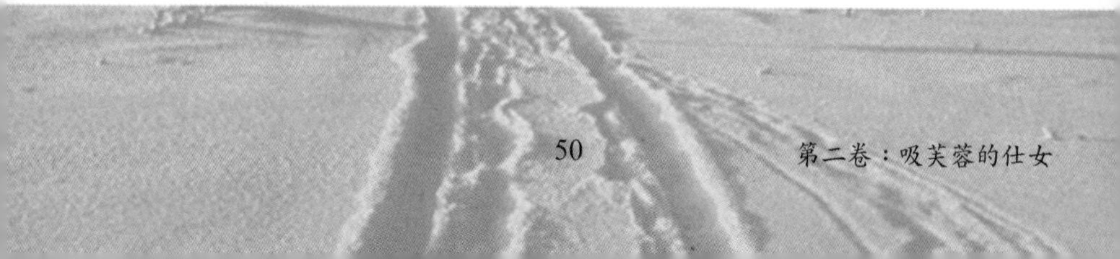

時間迷惑了
跌碰的爬回天上
再不好奇

薰香

香薰瓶／如希臘甕
散溢古遠的幽香——
一種以多少鮮花一生
搾取的快感？

❄ ❄ ❄

青春／不屬於明天
今夜的鶯聲
麻軟／滯重
凝結成十四行抑揚思靈
輕喚你在異鄉的墓誌銘

❄ ❄ ❄

海浪的撕噬
你與死神／擦身而過
你邂逅維納斯／你瘋狂的吻
卻融化不了／那冷冽的雙唇
但小腹令人心醉的氣息／讓你雙手
於暗影中／遺留閃爍的滴漏

❄ ❄ ❄

你與江水／有不解緣
多次闖過冥界的玄關
卻可恨地／全身而還
你不甘心

留下你的盪漾故事／於人間方格
便再次／最後／捲入暗黑

❄ ❄ ❄

我的詩句／包裹了曾經跳動
給美杜莎看過／白啞的大理石心
會否如甕／一敲而碎
散佚一千年後廢墟？

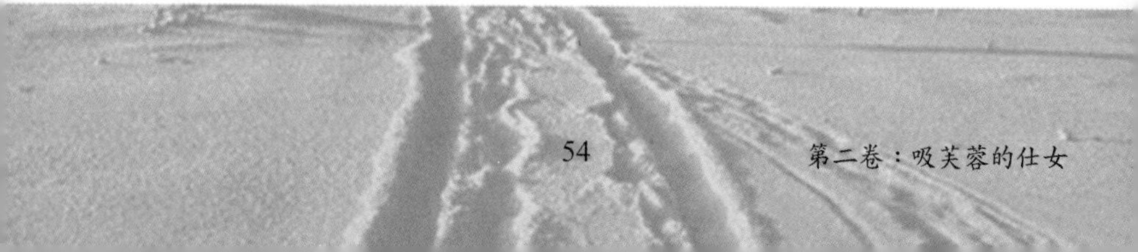

星空下的牌坊

夜空下
天與地
是如此的純粹

天是神的因
無瑕的空氣放映／創世時流轉星光
星光點睛牌坊上／一層一層的聖像
聖像目光寬恕你／一步一步近觀你
直至牌坊成為了夜空

地是人的果
地上無名的塵埃／翻滾回歸於岩石
岩石的曲直起伏／穿越了鞋履腳掌

腳掌的紋印脈搏／每秒呼吸着地面
呢喃着千年的日與夜

凝冷中
有一種原始
有一種孤獨
有一種暗示

祂
就在這裏

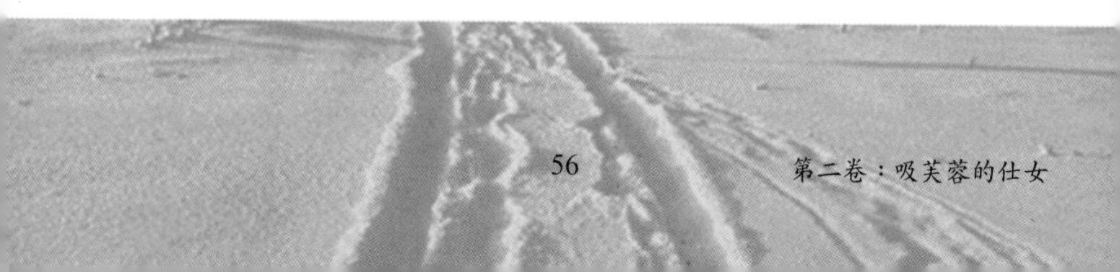

預見

請告訴我：這是幻覺
助我解釋，這種撲朔

❄ ❄ ❄

如螞蟻墮入蜘蛛網
牠在開始編織的一刻
已預計
你從哪裏進來
哪裏成為定格
中間只是享受
你的掙扎

如初吻的一刻
月老已經知道
與妳共偕白首
並不是眼前的他
妳之後與
每一位的
每一個吻
亦都是順着他的
鴛鴦譜
去俯身

如某個深夜病魔降臨
往急症室的公路上
外科醫生的位置
血塊的大小

結果是紅燈或綠燈
早已編好，無論你
垂頭心禱，還是聲嘶力竭
中間翻過的每一章
亦不過是
過場

❄ ❄ ❄

一次又一次的預見
是天使給我指引
還是魔鬼讓我迷魂？
最後一句
我會遇見
誰？

食

我吃着你，原來我的
手
手掌
手指尖
是這樣的粗糙
是這麼的乏味
是這般的痛楚

他在吃我們的時候，是否也是這種
滋味
是否也有半刻
猶豫

盛宴後
共舞吧
衣冠楚楚
香汗淋漓
在邊城以外
禮防即用即棄
柏拉圖沒有市場

但是
我們還是，不厭其煩
耳語白衣白裙白襪
「花與月就在你面前！」
好讓他們立即躍進
忘聲忘形忘我
忘川

忘川

你是鏡中倒像
某一天
有人會紀念你
你卻不會記得他
當喝了忘川水

* * *

黃昏
天邊吹起了異彩
燃燒着亮熾的彩虹

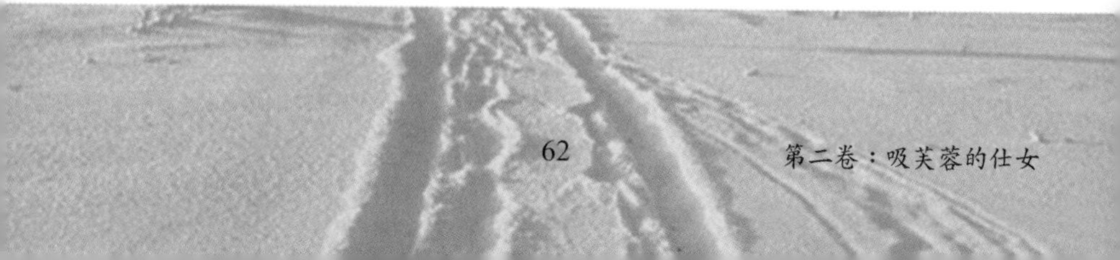

連綿的長河
金黃色水波
埋藏千萬年來
多少人的記憶
沉浸的每一位
欣然忘掉一切

柔風吹動漣漪
在我腳邊
起伏的水流聲
一秒一秒在
催眠

我閉上眼睛
想入睡

卻聽得分明
曝光過多的黑白記憶裏
他們心美的炯炯

我心渴
想喝一口清洌的泉水
便俯下河壑
以手掬取

歌聲
從遠處傳來
不
是心跳聲
一種親切的安寧

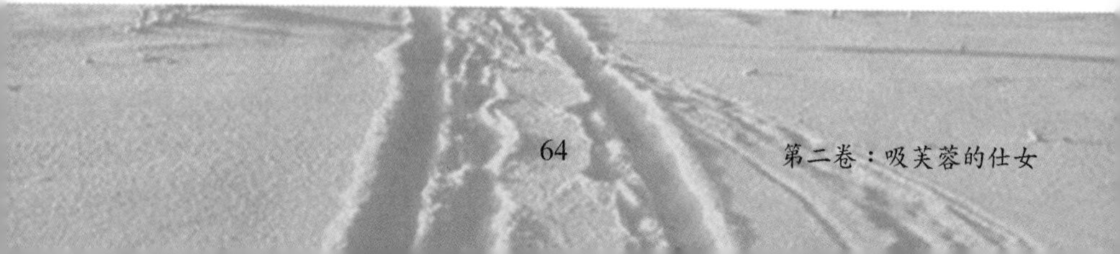

我聽見
他們在喝
憶河之水

我
張開眼睛
踱回岸上
不回頭
我寧可不喝
也寧可不輪迴
卻不要忘卻

無雪

外面無雪
雪降在我心

外面紛擾
我心寂靜
血色也無

我照着鏡子
映照他們
沒照鏡子

近視的他們
帶笑向着懸崖前進

我淚眼矇朧
除下遠視眼鏡

他們急於
撕碎現在
我心急如焚
小心翼翼撿起
可憐的時間

外面下雪
我心
也下雪

第三卷：寒雨即景

寒雨即景

同是下雨天
那初夏我寫道：
車輪脈搏，捲起了水幕

今天雨勢
沒那麼大
初春的封城，卻寒入心靈

❄ ❄ ❄

車前黃燈
如甲蟲觸角
在地上探索

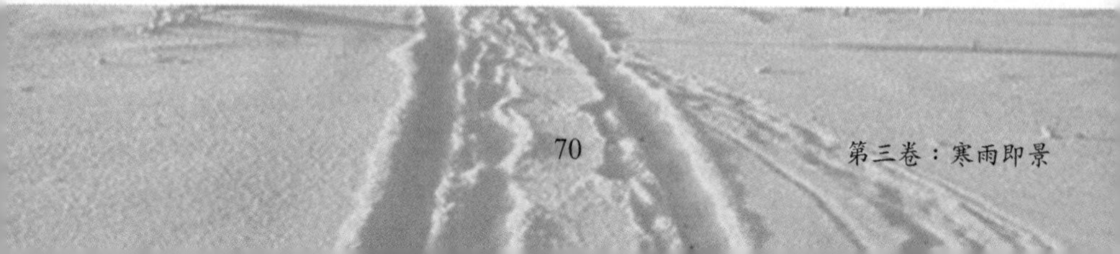

路磚上的水珠
被車燈亮着
如同貓眼石閃爍

車子繼續前行
亮燈映照附近車子車身
反映在地上如龍爪向後收緊

❄ ❄ ❄

天台
一窪一窪的積水
雨水一點一點打在上面
如像魚池冒泡
一波一波於水面吞吐

人人漸多留在家中
車子也慢慢乖乖不動
黃昏萬戶燈火穿透窗隙
如像斑駁樹葉之間的月色

斗室寂靜
只得煮咖啡聲
寒冷
令氣泡遲遲未浮升
最後蒸氣凝香脫離咖啡拉花
給周遭蓋上一層磨砂

同在的
只有李易安
窗前簾捲
正是室內室外
冷風暖氣在爭持不怠

❄ ❄ ❄

天越發昏暗
我也亮了燈
窗前反映
我也成為路上雨中的一位
或許妳也在當中走避
或許我這樣才可以最接近妳

貓步

妳看
貓兒
上石級
一步踏一步
婀娜多姿

牠卻走得
好辛苦

貓兒
看妳
穿高跟鞋
在天橋上

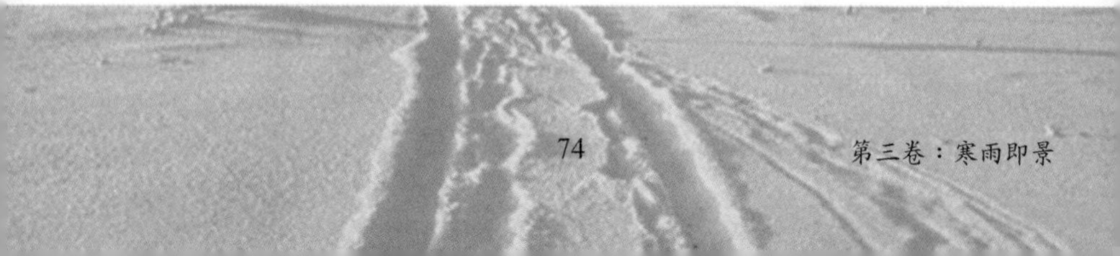

一步踏一步
行貓步
是否
也不是味兒？

一粟

綠點小蟲
花粉般輕鬆
遊走於指縫
這一刻
牠是我寵物
我是牠海拔

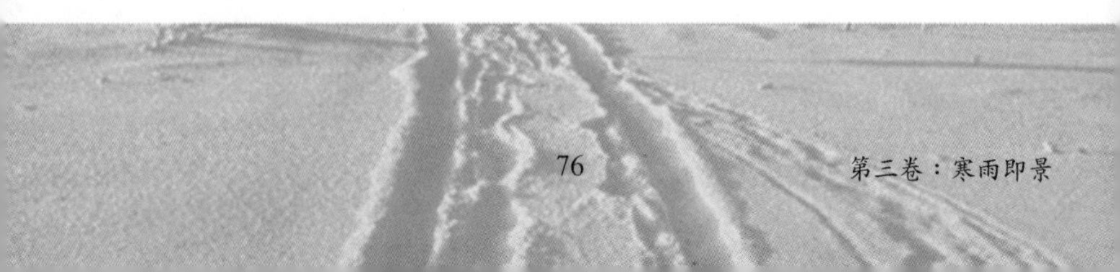

裝飾

書店／窗外
別家窗戶／陽光盆栽
構成一幅綠油畫

別家／窗外
咫尺書店／高矮書海
築起一條天際線

我／令書本存在
書本／令我忘我

鏈軌

我與你
手連心
從容地
從幽谷
爬上畢直峭壁
跨過湍急河曲
在沙漠馳騁異域

卻終於困在這個關口
是我走得太快脫了軌
還是你心思轉向墮後？

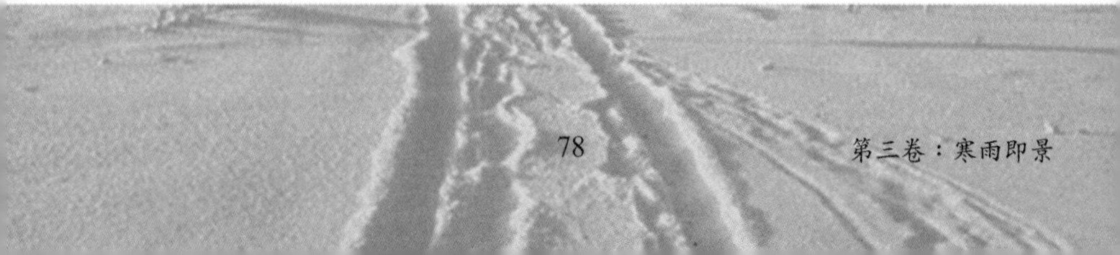

我們嘗試回到從前
上一次寧靜的雪池
記憶之箭
引領我們走向未知
走得更前

可是
我們之間的嫌隙
還是如枝藤蔓延
我們開始心息
節節敗退無力回天

「周年快樂！」
耳邊驟然響起祝福聲
一根黃白間條的魔棒

遊走於我們之間
以身軀潤滑每一個齒環
癒合我們的傷患

此刻
我們再無懸念
同步到終點

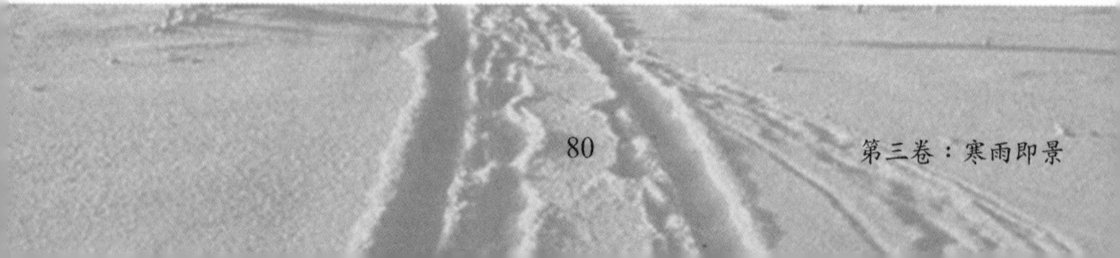

無眠夜

昏暗中
牠並不像獵鷹俯衝
也不似蝙蝠左閃右避
而是如信天翁般翺翔高飛
一山一水一里，不到黃河心不死
前赴應許之地

❄ ❄ ❄

嗡嗡的迴音
令我好生疑心
只因日前來歷不明的一針

靈長的七尺
誓要七毫米
奉上難忘的血祭

❄ ❄ ❄

牠
與對方
融為一體
卻貼心地
酥酥麻麻
不打擾他
如風景畫

❄ ❄ ❄

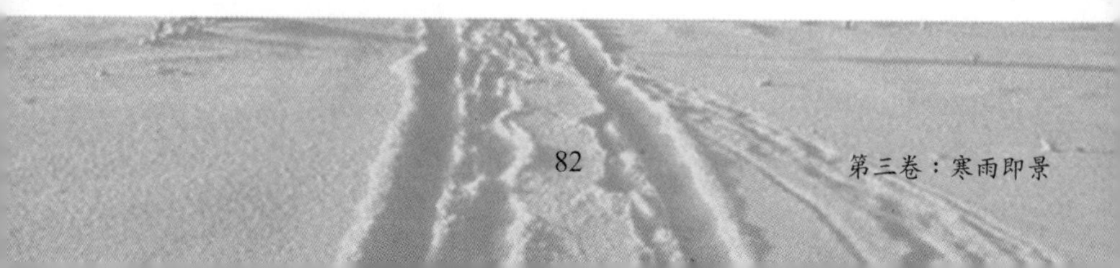

我
腦海中
已做好預演
手掌
正要跟劇本
會合血管
以行動去審判

「咕……咕……」
肚子忽然打岔
要找吃的，如像叫化

牠也識趣，悄悄起錨
雖然只是
七分飽

打開冰箱
急凍雞翼放亮
微波聲響
血脂香逸
胼手胝足吱吱咯咯
七只吃不停
由三隻半雞
祭成

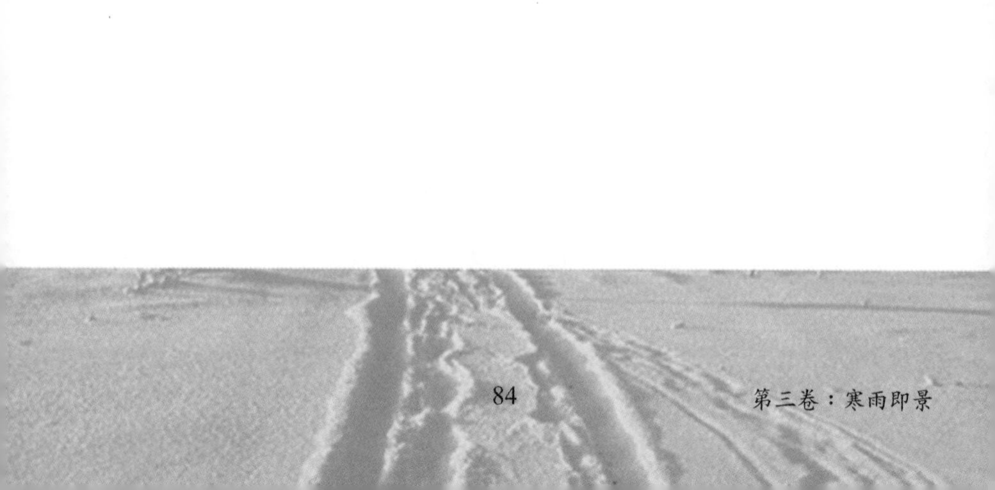

並飛

我
在跨海大橋
車子在狂飆
偶遇水面上下的你
與你並飛

你我是
如此的一致
如此的靜止
如永恆鑰匙

我
相信

可以與你
忘記日與月
忘記火與雪
靜聽一切後退
直到大洋邊陲

可是
一響浪花
令你心思轉向
舉翼高翔
只留下我的思念
在水面盪漾

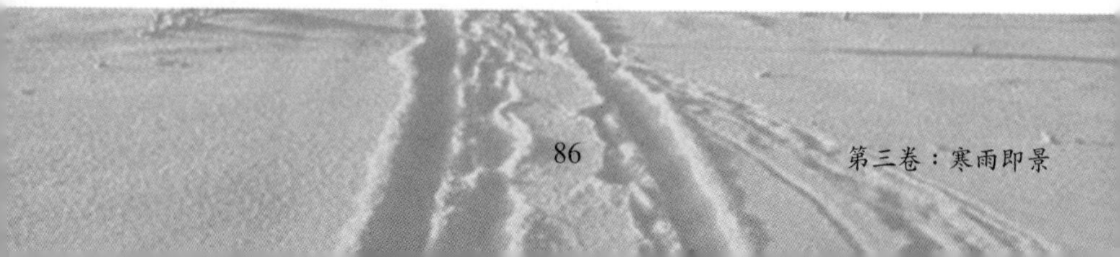

秋在

秋
在你
某天
忽然乾燥的指尖

在你
細心傾聽
再也聽不到的蟬鳴

在你
午後艷陽高掛
也不打擾你的戶外賞花

在你
仰望星辰盤踞
已再不是主角的牛郎織女

在你
清晨六時書寫詩念
天仍未亮桌燈映照的頁邊

秋在

第四卷：海上生明月

海上生明月

我在邊境最南面
面對無盡大海
浪濤聲把思海掩蓋
浪花追逐每分思潮
潮漲隨着午夜襲來

眼睛瞳孔
適應了微光餘韻
四周岩石嶙峋赤紅
是舊石器時代猿人
正蠢蠢欲動

這一刻
只我一人
突破時空間格
回到古代這時辰

頭上的星星
數千萬年前
也是這個樣子嗎？
不！
我看到的紫微星
不是今天的北極星！
我雙眼可以作證！

❄ ❄ ❄

海面
闖入了
鵝黃的一條紘
吸引我視線
把我拉回當前

黃紘
漸漸有了面積
越發光亮
還變出不同形式
最後成為圓形模樣

月亮！

掙脫灰雲後
破繭躍升的妳
靈脫，慧黠，多變
亮光令四周猿人
都回復真身
都只是斧鑿石痕

在這裏
除了妳
還有誰？

❄ ❄ ❄

光與暗，動與靜
只能令妳一時迷惑失明

妳迷醉
三百六十度的色彩
卻不在我這裏

蔚藍的湖水
薔薇的紅蕊
彩虹的戒指
都在我仰望的星絮
而妳
就在那裏

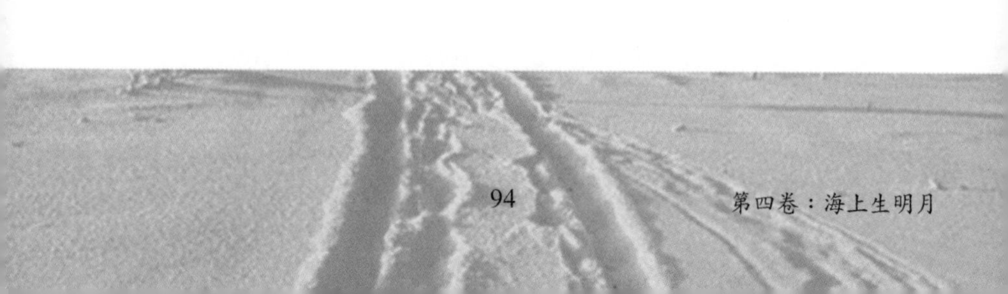

流浪・許願

你
流浪了一輩子，心想着：
也許餘下半生
也無聲遁隱

祂
聽到你的喃喃禱告
就給你，前方
一點藍光

藍點
越發大而光亮
看真些，有

蜷曲的白色
廣闊的藍色
與及斷續的綠色

你
覺得它
美極了！
低頭閉上眼睛
期待相遇的光景

❄ ❄ ❄

你
張開雙眼：
一顆赤紅的火流星劃破漆黑夜闌

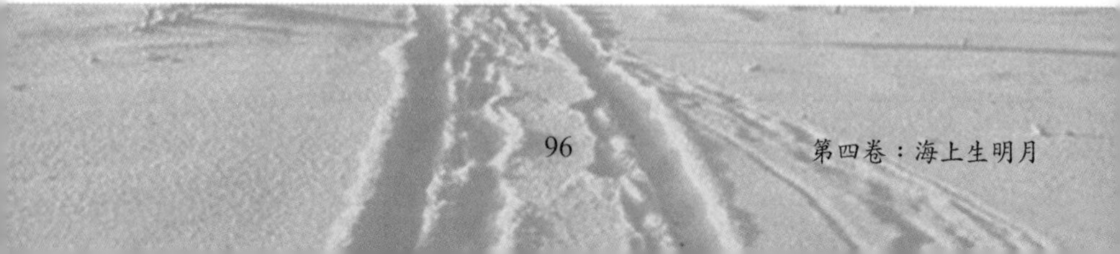

你立即跪下來為她許願
並把整夜看到的
十四顆化為
十四行詩
獻給她

免疫

眾神旨意：
洪水來臨，地表最後乾透
十日並出，大羿射落其九
隕擊巨洞，塵埃漫天積厚
你卻始終，逍遙萬世千秋

世世代代
人類始終都
不是你的對手
總要上癮大病一場
你比人類優秀
甚至比神
更優秀

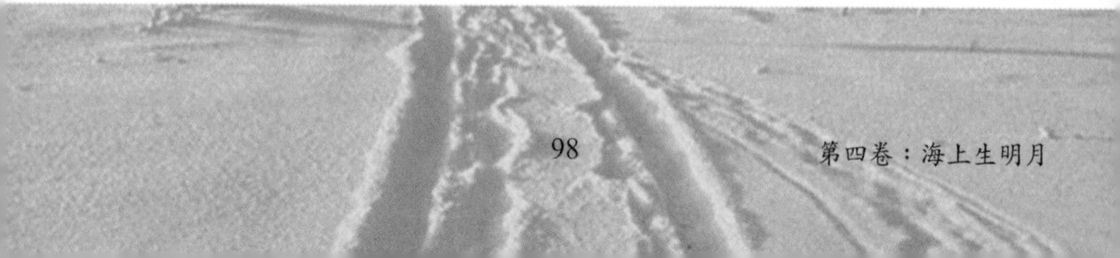

假如有疫苗
預防你
她
是否已經接種？
所以就如雨水，透不進雨傘
我不入流的心血，也只能在她的
光環下方
流乾

可還是
我不會接種
寧願繼續盡瘁
為她好好
病下去

愛甚麼

妳令我着迷的是
妳微香的髮絲？
妳磁性的聲線？
妳纖柔的指尖？

如果是這樣
為何不乾脆
找個常伴左右的玩具？

我讓妳傾慕的是
我的詩文？
我的認真？
我的胸襟？

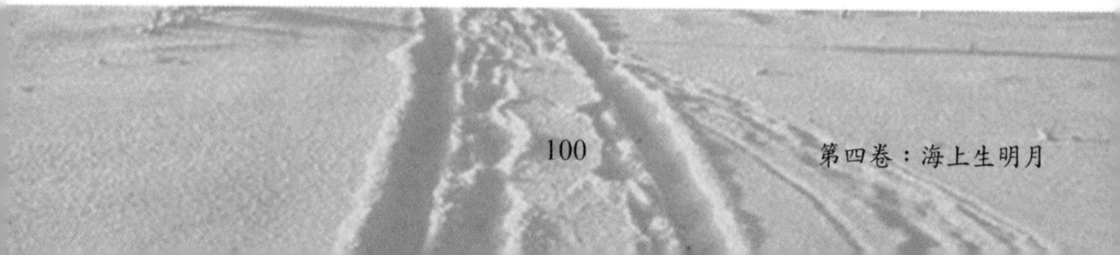

如果是這樣
為何不乾脆
只留住我的頭顱
又或是內裏的腦部
甚至是當中的灰白膏
或索性
找來仿人機器隨傳隨到？

❄ ❄ ❄

如果我
腦受創傷
變成癡呆失憶
或興趣變孤僻

性格變得暴力
妳還會喜歡我嗎？

如果我
可以被妳複製
剔除妳不喜歡的一切
妳更喜歡「我」嗎？
我會妒忌「我」嗎？

如果他
妳的初戀
可以被妳複製，妳會
修正「他」
修改結局嗎？

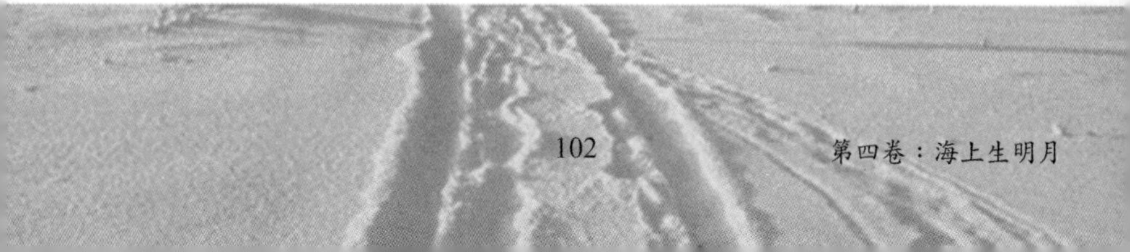

如果
我們可以
妳複製一個「妳」
我複製一個「我」
讓「妳」跟「我」
看盡人生風景畫
我們才要一起吧！

宇宙・古事

眼前所見是否真果
耳邊所聽是否妄虛
宇宙是否一百億歲
半世紀前我是否我

這一刻　音符是真理

爵士最終長眠西敏寺
當神面對面的宣告他
他力學大殿只是神話
他會沮喪嗎？

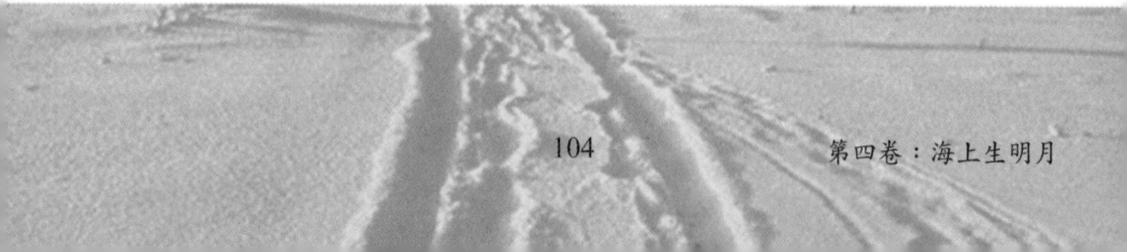

天才不信神會擲骰子
當神耳語他
祂是個賭神
他會瘋了嗎？

一代天驕，戎馬一生
臨終閉眼，看到的是
征途無數無名字足印
還是一首往永恆的詩？

我們今天終於看得清
億萬年前剛誕生新星
新星的子孫遠眺我們
一顆恐龍橫行的藍點

音符是自然界密碼
能否突破時空框架
在宇宙的邊緣開花：
水晶敲擊般的清脆
靈蛇捉不緊的身軀
日出初雪化為飛絮

這一刻　音符是真理

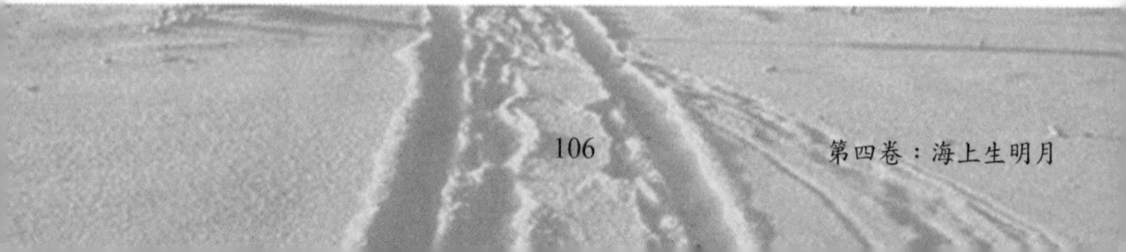

第五卷：一夜驟雪

一夜驟雪

夜／睡了
我與時間對峙
無法踰越的咫尺
上下／無聲

過去，釋出一陣春雪
漸大的，一瓣飄過來
跌進了我的掌心，緊握着
啊，我觸摸到
雪花之中的
雪花的
雪花

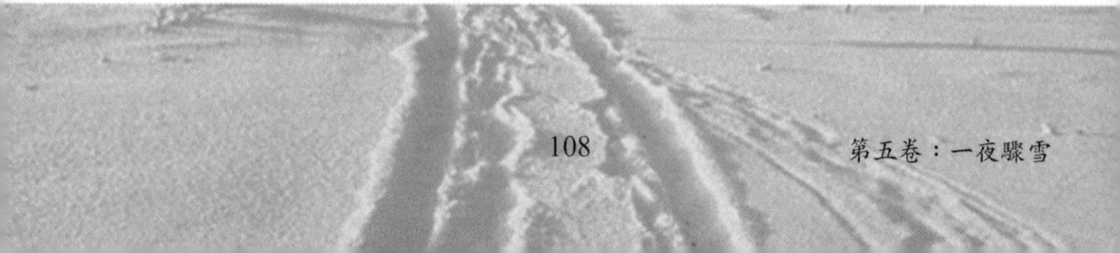

一重一重
每個彎角
每條旁枝粗幼
記憶了你
曾沉溺的蜃樓
無眠的冰洋
折翼的飄浮

夜／醒了
雪／停了
你願融化在我／未來掌心
還是回到／過去的發條針？

三影

又是夜
我，路燈下
三影重疊：
貪、癡、嗔
最陰暗處是
最清晰的
最真實的
「我」

我，無論走到哪裏
「我」，總伴隨
我

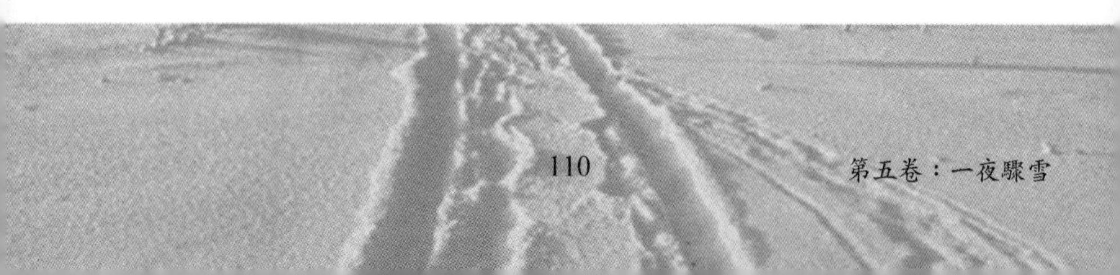

三影
扭動腰肢
時而此消，時而彼長
跳出不同
面相

❄ ❄ ❄

天邊善忘的傷口
解封了不該流溢的蜜香
我貪婪的想嘗一口
卻沒料到
沒得回響的一踏
讓我從雲上下插

白雪覆蓋的山尖
欲言又止的足印
靜候預言中的我
我小心翼翼前行
但癡迷的眼神
聽不到身旁的荊棘
正咔嚓咔嚓
從我兩頰
提取養分

潛意識的浮沙
蜃樓的鏡像幽禁了
早熟的歌聲
我以每一段掌紋
換取每一分逸韻

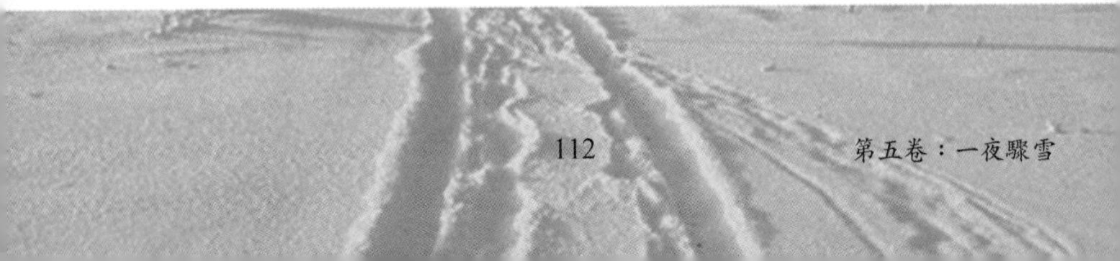

最終半溺下陷的噪音
嗔怒
給潘多拉傾瀉過度

❄ ❄ ❄

破曉
東方漸白
「我」步回天下人間
一層一層的漂白
最後剩餘
我

赤蛛

你的羞掩
是他們眼睛的刺刀
你的驚艷
令他們不知所措

男男女女都煞費心機
要把你排斥
女的衝着你的豐魅
說你有毒液
爭相要置你於死地

我卻小心翼翼地
用手掌護駕

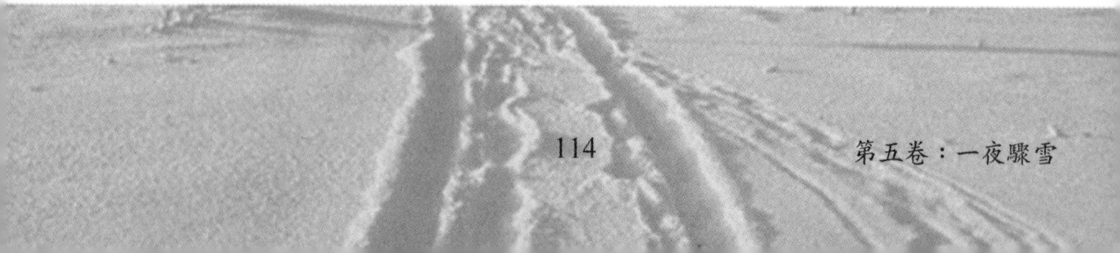

嬌小的你
不讓他們失控的咒罵
驚嚇你

即使我的手指隙
最後也會淅瀝
跟你一樣的
赤色

太陽神

海風一陣一陣的吹
吹動石地上我的長影
海魚看着脫焦浮動的夕陽
不知會否和我一樣
感覺如酒醉
只是沒有烈酒的辛辣嗆鼻
——但是，我寧可
擁抱難受的宿醉，都不要
光明下清醒，如地上凡人
焦灼中呻吟
也難逃離妳
我的太陽神

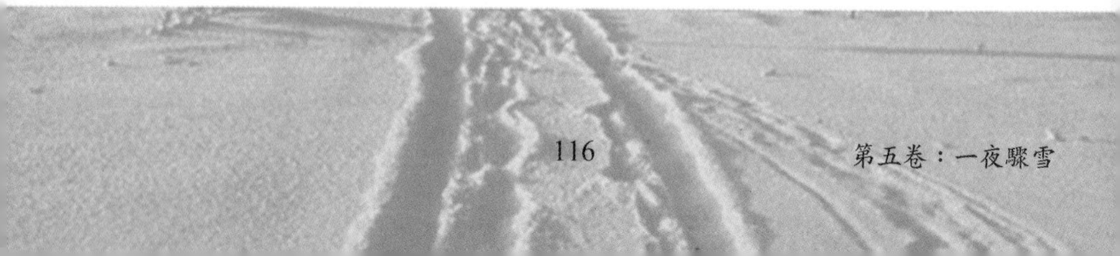

魔咒

岩石紋理清晰可見
藤壺也像觸手可及
如像我們之間的海水
早給卡律布狄斯吸去

我聽到呼喚：「下來吧！」
我再次閉上眼睛
真的
我感受到千百轉
腳掌海水的盪漾
胸前水波的酥軟
耳邊浪濤的暗香

或許
太宰治一直追求的
正是這一刻
不！
他至少一生失格
找到命中一位
度過最後一夜
共同捲入暗黑

我
思海裏浮現你
你會否聆聽我的呼求
給我永遠解除這道
卡呂普索魔咒？

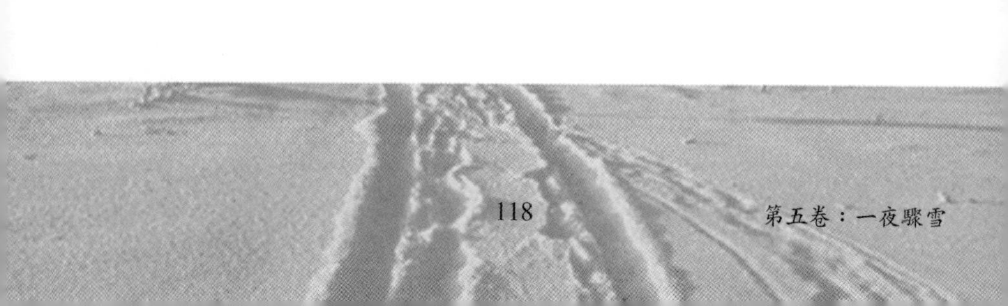

漸凍

世界漸漸粗糙
眼睛越來越輕
耳朵變得緩慢
我凝在這一秒
唯獨你令
我心跳
可是
我的心
不想跳

心湖，我沿着
湖邊冰面
一步一步踏前

螺旋的足印
漸漸畫出
湖心

當下
意識最薄
思念最深
只差一步
只差一聲
只要破了
我就可以回去那方
啊！嘗一口溫手的湯
穿越奈河
不回望！

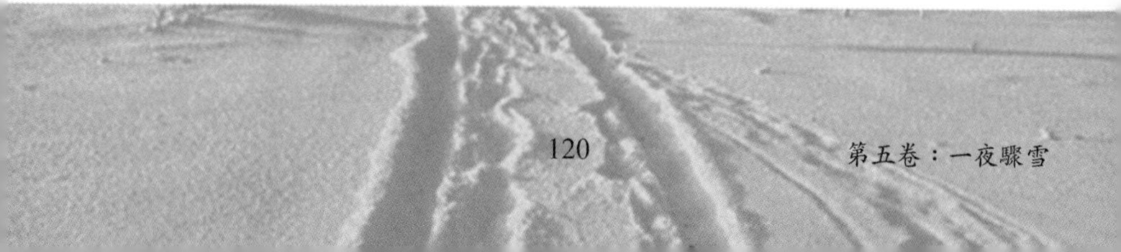

下墜

暴風雨邊緣
雲朵的你在盤轉
我是承托你的氣旋

灰色的心隨着
夕照，一層色彩
蓋上另一層色彩
不同的角度，折射出
不同的光度

在夕陽
成為山的剪影之前
你如熔金澄澈

讓我相信，這
就是你

風暴來了，你迷糊了
隱藏的淚水，淹沒疲倦的眼簾
從我指尖，隨你下墜
你化為了湖泊
成為了河流
忘卻了源頭

我只能冀望
下次的昇華
下一次的不忘

國家圖書館出版品預行編目資料

一夜驟雪／彗雨著. --初版.--臺中市:白象文化事業有限公司，2021.9
面； 公分
ISBN 978-626-7018-20-0（平裝）

851.487　　110011407

一夜驟雪

作　　者　彗雨
校　　對　彗雨
專案主編　黃麗穎
出版編印　林榮威、陳逸儒、黃麗穎、水邊、陳媁婷、李婕
設計創意　張禮南、何佳諠
經銷推廣　李莉吟、莊博亞、劉育姍、李如玉
經紀企劃　張輝潭、徐錦淳、廖書湘、黃姿虹
營運管理　林金郎、曾千熏
發 行 人　張輝潭
出版發行　白象文化事業有限公司
412台中市大里區科技路1號8樓之2（台中軟體園區）
出版專線：（04）2496-5995　傳真：（04）2496-9901
401台中市東區和平街228巷44號（經銷部）
購書專線：（04）2220-8589　傳真：（04）2220-8505
印　　刷　基盛印刷工場
初版一刷　2021 年 9 月
定　　價　220 元